Marginales 328

Nuevos textos sagrados

Colección fundada por

Antoni Marí

Isabel Bono

FRÍO POLAR

TUSQUETS
EDITORES

1.ª edición: noviembre de 2024

Diseño de la colección: Clotet-Tusquets
Diseño de la cubierta: BM

www.tusquetseditores.com
ISBN: 978-84-1107-542-8
Depósito legal: B. 15.819-2024
Fotocomposición: Realización Tusquets Editores
Impresión y encuadernación: Limpergraf, S.L.
Impreso en España

ÍNDICE

FRÍO POLAR

PRÓLOGO

UNA CABAÑA EN EL BOSQUE

Seré breve. Amo los prólogos breves. O quizá, en realidad, odio los otros: los recargados, los tumultuosos. Por eso, lo que yo había pensado era contar lo poco que sé de Isabel Bono y punto. Y, precisamente, una de las cosas que sé es que no se deja conocer del todo. Que tiene un cuarto, ahí detrás. Un sitio en el que solo entra ella. O quizá sería mejor decir una cabaña.

Vamos a suponer que todos tenemos un bosque dentro. Pues bien, algunas personas (solo algunas, lo siento) se construyen una cabaña en el interior de ese bosque. Y acto seguido allanan un caminito para no perderse. Es un lugar mental, al que van y del que vienen a menudo. Allí hacen cosas. Isabel Bono, por ejemplo, ha construido esa cabaña y toda la poesía que escribe, la escribe allí sentada. Ante una mesa que se ha hecho también ella misma, junto a una pequeña ventana por la que unas veces entra el sol y otras ve la lluvia o la nieve.

De hecho, presta mucha atención a esa meteorología

interior, esto puedo asegurarlo. Cuando conoces a un poeta o a una poeta, los conoces, claro, fuera de su cabaña, en el turbio fluir del viejo y loco mundo (donde muchos de ellos se las apañan más o menos como pueden, ya sabes). Nunca ves al ser que son cuando están dentro. Estaría bien que hubiera vídeos de eso, pero no es posible y es una lástima.

Luego está el tema de los recuentos, qué importante es esto. Isabel hace listas. Ordena las cosas. Y eso implica una emoción. Todo registro humano, toda anotación sistemática, todo inventario resulta emocionante en su motivación y propósito. Es un legado. El apunte diario, la frase, el dato, el número son el resultado de una observación atenta. Y no hay nada más emocionante que la atención verdadera.

Podríamos decir que la atención verdadera (a lo otro, a lo que está ahí, a lo que empieza a pasar, a lo que se está yendo) es la máxima estatura que podemos alcanzar. Así que eso es lo que vengo yo a decir de la poesía de Isabel Bono: que está escrita en una cabaña oculta en el fondo de un bosque y que es atenta, que es vigilante, que no desfallece. Que registra la vida minuciosamente. Y el dolor también, naturalmente, minuciosamente.

Este libro, *Frío polar*, es eso: un nuevo registro del dolor. Está dedicado a un amigo, Antonio Muñoz Quintana, voz que me guía, dice ella, al principio. Antonio, también poeta, murió en octubre de 2014 a una edad abominablemente temprana, e Isabel escribió este libro a lo largo de los dos o tres meses siguientes. Así pues, es un réquiem.

Es un lacrimosa. Si vas a entrar en él, hazlo en silencio. Si en todos los libros de poesía hay que entrar en silencio, en este más.

Y otra cosa: al leerlo, hay que susurrarlo. Se lo tiene que susurrar uno a sí mismo. Casi sin aliento. Se me ocurre que habría que leer cada poema, después de sacar el aire de los pulmones. Es decir, susurrándolo apenas con el último resuello. Sintiendo la dificultad de avanzar y llegar al final. Y con música de Arvo Pärt, a ser posible: sé que a la autora le fascina ese compositor.

Una vez, poco después de conocernos, me mandó un DVD con toda la música que le gustaba. O con casi toda. Ahí estaba, en primer lugar, Arvo Pärt. Pero además había, lo digo en serio y puedo demostrarlo (porque lo conservo), más de cuarenta discos. Y ahora contaré cómo nos conocimos: me mandó un email. Y fue realmente amable. Fijaos, me decía que se había leído todos mis libritos prácticamente uno detrás de otro, pero que le faltaba uno. Os lo podéis imaginar, decirle eso a un pobre escritor desconocido como yo. Llegó a emocionarme, supongo. Es decir, espero. Le mandé rápidamente el librito que le faltaba.

Cada 1 de septiembre (odia agosto, creo) me manda una canción triste, dulce y brevísima de David Sylvian titulada *«September»*. Cada 13 de abril me recuerda el cumpleaños de Samuel Beckett y brindamos por él con Jameson en la distancia: ella en Málaga y yo en Pamplona.

Más cosas: es leal, no olvida los detalles, falla poco.

Y es buena con los títulos: un don que tiene. *Frío polar* es un título excelente. Me suena que me dijo que eso era lo que solía responderle con sorna Muñoz Quintana cada vez que la temperatura de su barrio bajaba de los 20 grados y ella decía qué frío hace (sí, frío polar, respondía él). En fin, un título muy adecuado para un réquiem, en cualquier caso.

A mí me ha parecido uno de sus mejores libros. Y puede que sea por eso, por el frío que hace dentro. Parece que hubiera viajado a un fiordo noruego para escribirlo. Aunque ya sabemos dónde lo escribió, ¿no? En uno de los poemas dice: «deseo que nieve toda la noche dentro de mi cabeza». ¿Os la imagináis? El bosque interior completamente nevado e Isabel allí, con el fogón encendido, sentada en su cabaña, mirando a través del cristal, contando los copos de nieve de uno en uno.

Yo me la imagino. Es como si la estuviera viendo. Mirad, ahora nos saluda con la mano. Cuídate, Isabel Bono. Y, ya sabes, no dejes que se apague el fuego. Mantenlo encendido todo el tiempo.

Fernando Luis Chivite

Para Antonio Muñoz Quintana,
voz que me guía

cada vez que me encuentro con alguien,
me siento más solo que antes.

KJELL ASKILDSEN

estás ahora donde no estás,
en el no lugar que excluye toda esperanza.

LÊDO IVO

[PARA EMPEZAR BIEN, DIME ADIÓS]

VAMOS a aprender a despedirnos
sin ceremonias

vamos a decir adiós
como quien dice manzanas

TENEMOS sed
tenemos frío
tenemos miedo

no hemos aprendido nada de los árboles

sudamos
buscamos sombra
tenemos sueño

hay quien duerme con un ojo abierto
hay quien mata sin tener hambre
hay quien muere sin hacer ruido

hay quien vive

A POCOS CENTÍMETROS DEL MILAGRO

LAS manos fijas sobre el cristal
diez huellas y el aliento sobre el cristal

los ojos fijos sobre el tendedero
las sábanas rendidas al placer
de ser velas al pairo por unas horas

el viento se lleva las hojas amarillas
también las verdes

las hormigas
no saldrán a robarme
tu amor
hoy

NO sé quién llama

y hacen tanto ruido
y me duelen tanto los ojos
y el pecho

después se me olvida
y vuelvo a amarte como si siguieras vivo

no sé qué fue del orden

y estoy tan cansada
y alguien susurra
y todo desaparece

OTRA vez la luz
ahogándose en la tarde
y tú con ella, con la luz

una mujer tiende
ves su ropa allá lejos
oxígeno allá lejos

y la pena pasa
y el dolor pasa

no soledad
no vacío
no muerte
allá lejos

ANTÍPODAS, PERO NO TANTO

POR fin
todo el frío es tuyo

estás muerto

algo arde en mi espalda

¿DÓNDE están los pájaros?
¿y por qué cantan?

DRAGARON el río
boquean los peces
que ya parecían muertos

me pregunto
si resistirán las tortugas

si hasta las palomas más sucias
se han marchado
¿qué nos queda?

COMEDIA EN UN ACTO

ANTES de caer
respiro

no me detienen las manos
no me detienen tus manos

dormir ya no es importante
vivir ya no es tan importante

antes de caer
respiro

CON LO QUE CUENTO (SOBRE LA MESA)

HAY dos llaves sin llavero
y un blíster de amitriptilina con cinco comprimidos

un ejemplar de *molloy*
sobre un libro de tolstoi
sobre un libro de handke

tres revistas
un calendario bajo un vaso vacío
una caja de madera
donde guardo un termómetro de mercurio
y esta fiebre

y tú
y la luz de octubre
alejándoos de todas estas cosas
sin hacer ruido

TU nombre en mi boca
como ácido fórmico

EL miedo nos hará fuertes, decías
sin aire en los pulmones

nunca, al otro lado
hubo otra cosa que derrota

no hay tiempo que perder

hemos llegado hasta aquí
después de todo, decías

DIME que la luz está apagada
que la casa no está ardiendo

que es el frío
quien hace crujir mis articulaciones
que no son insectos devorados por el fuego

dime que el sol ya no entra por las rendijas
que todas las tapió la lluvia

dime que no siga

EL DOLOR MANCHA

DOS árboles negros
al borde de la carretera, inmóviles
ajenos a cualquier melancolía
ignorantes de su belleza
del inmenso dolor que me provocan

ser árbol y no saberlo
ser fuente de dolor y no saberlo

EL miedo era dolor
y piensas si es posible dejar de buscar

no era miedo
y la muerte otra vez
no los muertos, los vivos
que van a morir

y la luz otra vez
y tú con ella

y la tristeza pasa
porque un pájaro te miró
con sus ojos de pájaro
y te alegras
de que te mirara sin miedo

y el dolor
pasa

¿ES tu nombre a lo lejos
a través de la niebla?

QUÉ poco sé de la nieve y su perenne insomnio
qué poco sé del frío

EL TIEMPO TAMBIÉN MANCHA

UN día prefieres no saber, solo mirar
repasar con el dedo el borde de las cosas
sin preguntarte en qué piensan los pájaros
si juegan, cazan o huyen

prefieres no adentrarte, no alargar la mano
no volver a meter la lengua en otra boca

ESCONDIDA

se sentó cerca de la puerta
vigilando el tiempo.

MARCEL SCHWOB

DESEO que nieve toda la noche
dentro de mi cabeza

que antes de abrir los ojos o la puerta
ya sepa de dónde todo ese silencio

quedarme ahí, un poco más
no esperando entender
no esperando
quedarme ahí, vigilando el tiempo
un poco más

deseo una cabaña conmigo dentro
dentro de mi cabeza

TU voz sobre las cosas quietas
añadiendo luz al silencio

ESO QUE LLAMAMOS FRÍO

MIRA a tu alrededor
di casa

y el techo sigue ahí
y el suelo sigue ahí
esperando un día sin sombras

cortina reja ficus
tejados autovía más tejados
montes muy negros

y tu dolor sigue ahí
y la vida sigue ahí
esperando

mira a tu alrededor
di pájaro

FOTO ENMARCADA DE LI ZHENSHENG

NI mao ni buda

solo la hierba
perforando la nieve

¿NO os gustaría despertar
algunas mañanas
convertidos en árbol?

¿no entenderíamos mejor
las fases de la luna
las fases de las mareas?

¿no sabríamos, así, librarnos de la crueldad
que instala en nosotros el miedo?

¿no creéis que los pájaros
dejarían de atravesarnos
y anidarían bajo nuestra lengua
y hablarían por nosotros
y cantarían por nosotros?

HAY QUE BUSCAR RENDIJAS

SER diminutos tallos
empujando el cemento

sin sistema nervioso
sin sangre
sin miedo
sin odio ni venganza
sin dios que los empuje
sin amor siquiera

ciegos
completamente ciegos

LÁMPARA
percha
mesa vacía

café

nada más
ni frío ni sueño
ni sol de medianoche

el dolor y yo
acompañándonos

HEMOS CONGELADO EL FUTURO

SE instaló para siempre
bajo las uñas

solo nos queda esta hilera de hormigas
como segundos negros
que no acaban de irse

HOY ES EL DÍA EN QUE EMPIEZA TODO

EL árbol que nunca he sido
el aire cargado de arena
las aceras mojadas
las palmeras detenidas

una ventana una mesa
este sol

es un lugar seguro

es un lugar seguro, repito
y todas las ventanas una

los pájaros que nunca he sido
los mismos pájaros
y este hastío de mirar
cómo giran las sombras

el frío lame a su presa

el frío que nunca he sido
el grito que nunca he sido

el cuerpo muerto que seré

AQUÍ no hay mapas

un cuerpo sin sombra
el único camino

IMAGINA TODOS LOS CHARCOS

IMAGINA una ciudad
sitiada por constelaciones

imagina una tormenta
un gato
un insecto que mataste
un amigo que murió

imagina un dolor
ese dolor
siempre el mismo
su terquedad y la tuya
siempre en guardia

imagina preguntar frente al espejo
¿dónde te has ido?

imagina todo eso

imagina todas las cosas
imagina no sentir la necesidad de registrarlas

imagina ser libre

INVITACIÓN AL VIAJE, DIJO BAUDELAIRE

DESEO llegar a un lugar suficientemente lejos
donde todos sean ciegos y nadie hable mi idioma
y mirar
y mirar
y mirar
qué sucede a mi alrededor

y que a mi alrededor solo suceda la luz
sobre la moqueta de una habitación de hotel

deseo que por la ventana vea palmeras
que se inclinen a la izquierda sin quebrarse
y yo pueda perder el tiempo
y mirar
y mirar
y mirar
sin tener que decidir nada

A veces me pregunto
qué hizo que lo que somos
eso que ya estaba en nosotros
se disparara sin retroceso

si quizá aquella mañana en el parque
al pasar la mano por un seto
descubrimos el placer y el horror
de lo efímero

si quizá a partir de ese día
la nostalgia
se instaló en nosotros
para no abandonarnos nunca

LA HISTORIA ES UN LIMÓN HELADO

COMO quien cuenta las púas de un cactus
antes de planchar la camisa
que vestirá un muerto
así nuestras manos, doloridas y juntas

así beberemos de los charcos
doloridos y juntos

Y piensas,
hubo horas de silencio en una casa
cuando las tardes se vaciaban
de familia, de amigos
y el deseo de soledad
te tomaba para emprender
una búsqueda sin riesgos

ahora aquellas tardes no existen
porque no existe aquella casa
ni aquella luz

y piensas,
la luz, ¿nunca vuelve?

SABER que ahora
todos los perros ladran en vano

la vida sobre todo es esto
silencio, no aullidos

SÉ que se han ido
he visto sus huellas en la nieve

si hubiera nevado

¿QUÉ nos empuja
a salir de la cama
a masticar en silencio
a caminar en línea recta?

¿qué recóndito gen
nos guía hacia la docilidad
sin necesidad de amenazas?

UNA vez quise abrirte en dos

hoy no recuerdo el porqué

hoy querría abrirme en dos
como se abren los olivos
abrirme de fuego o de frío
en dos, en mil pedazos

MADRE NOCHE

YO también estoy sola
y quieta en mitad de esta calle
por la que todos pasan y nadie me roza

alguien podría decir
que ya no espero nada

en silencio, espero una orden

pero
¿de quién la orden?
¿y hacia dónde caminar?

MAL DÍA PARA JURAR EN VANO

PODRÍA decir
que el frío nos vació los pulmones
que la luz borró los caminos
que siempre fue tarde

pero nunca como ahora
que no estás
tuvimos tanto tiempo

DEFIÉNDEME del necio
que cacarea al amanecer
con sus plumas de oro

no dejes que sus palabras huecas
hagan nido en mis ramas
y entorpezcan mis pasos

devuélveme la cordura
y no detengas esta caída

A veces
la nieve sucede a espaldas de uno

y uno
no desea volverse

NUNCA le puse nombre al dolor
tampoco tus apellidos

NO LE LLAMES SILENCIO

ESTÁ la ropa tendida y estás tú
observando cómo crece un árbol

la clorofila no hace ruido
una grúa en el horizonte no hace ruido

está la tierra y estás tú
girando con ella

NUNCA SE IRÁN

ESE vértigo que nos duele
bajo el esternón
ese vértigo que nos llama
susurrando canciones tontas
nace de la boca de un muerto

porque hay muertos que no acaban de irse
que nos cantan sus letras sin rima
ensordecedoras

ocupan nuestra vigilia
el agua que cae de la ducha
si cerramos los ojos
ocupan cada llamada a horas intempestivas
ocupan la espera

están los muertos y estás tú
están sus malditas canciones y estás tú

POR la fugacidad de la noche
la calidez de los amigos

por la dulce y perfecta asimetría
de cada despedida

¿CUÁNTAS veces
hemos desoído la voz del amigo
que nos decía
duda, sigue dudando
pero no te detengas?

y el sol ahí
guiando tus pasos

y la voz del amigo ahí
sosteniendo una escalera
que nadie más sostiene

POEMA EN UN PAPEL ARRUGADO

CONTENER la respiración
ante la noche
cuando las paredes hablan

en estos días
sin esperanza
sin temor
sin un astuto plan

algo va fraguando
bajo las uñas

me vacío

cada vez más sola
cada vez más cerca

QUIERO SER JOVEN Y MASTICAR DESPACIO

TE dolerán los dedos de pensar
y pensarás que la vida se fue

quizá por eso no duermas
quizá por eso comas menos

te dolerán las palabras
futuro piel grito amanecer

y nada vuelve

REINCIDENTE

AQUÍ estás otra vez

recorriendo con el dedo
esas cicatrices
que conforman el mapa de los días

RESILIENCIA

NUNCA me oiréis negar la muerte
ni disuadir al necio de sus equivocaciones

a partir de hoy
asumo las cicatrices del sol
el doloroso placer de los días de lluvia
porque ya todos son en vano

aquí me quedo, más o menos en pie
como ahí quedan los charcos
sin nadie que les hable
sin nadie que les diga resiste

no maldigo este dolor
no maldigo la muerte
asumo y me pliego
sobre esas palabras que me cercan
sobre esta luz
que me grita tu nombre

ROTACIÓN

LLEGARÁ un día
en que dejaremos de oír
el eje oxidado de la tierra

a partir de ese momento
nuestro precario mundo
girará alrededor del canto de un mirlo

y ese canto
nos hará extremadamente fuertes

SIMULACRO A OSCURAS

NO hablar
dejar los brazos caídos
ramas secas nuestros brazos
no buscando ser raíces
no buscando ser

no hablar
dejar que las heridas brillen
en el silencio
que precede al gran silencio

no hablar
dejar que las paredes hablen
por nosotros
para nosotros

sin decir nada

HAY que descansar
de todo

brillando, respirando

UN INSECTO HA COMIDO DE MI MANO

ALGUIEN dice
no te marches, cielo rojo
y mi casa arde

¿y qué haremos
cuando los insectos pierdan sus ganas de volar
y se arranquen las alas contra las cornisas de los edificios
y las aceras aparezcan cubiertas de escamas
como aquel planeta que cantaba para sí mismo?

¿y quién cantará entonces para nosotros?

negaremos cada hormiga que matamos
negaremos cada pensamiento salvaje
negaremos que nos afilamos las uñas contra el asfalto
negaremos el dolor y las ganas de dolor
porque a veces el dolor acompaña
y queremos estar solos

lo negaremos todo
hasta las heridas que nos causó la lluvia

alguien dice
no recuerdes, inventa
porque ese paisaje que añoras no existe
existe el calor y el desaliento y las ganas de huir
pero ese paisaje no
y sabes que es el dolor quien habla

alguien me envía pájaros negros
con la inocencia de un niño
que mastica con los ojos cerrados

un collar de ojos de pájaros negros
intentando escapar
de la que podría haber sido su casa

mi cuello a su merced
mi dolorido cuello
contando una a una las cuentas
de ese collar hecho de ojos
que no ven
que no saben

alguien corre la cortina

y acaba con el sueño
y es la voz de mi padre que despierta

la sangre no miente
el deseo no miente
y la voz de mi padre ahí
tejiendo una mentira más para el futuro

alguien dice
los sueños son mentira
las palabras de tu padre son mentira

después de verlo desnudo arráncate los ojos
como dice la biblia
y te arrancas el collar de ojos de pájaros negros
para que el día no duela

alguien dice
lo haré el viernes
y el viernes nunca llega

y su voz ponzoñosa envenena los días
y tu dolor un martillo golpeando el hielo de los días
y los muertos ahí
a la intemperie
con sus bocas abiertas
dispuestas a engullir cualquier promesa

corro hacia ellos
corro hacia ti que también estás muerto
y llegan antes los ojos que las manos
a taponar esa herida
y el frío incandescente ahí
con su abisal arteria de lava
dispuesto a convertir los días en escoria

alguien dice
imaginaste un futuro sin aristas
con los ojos vendados
con el deseo vendado
y tu mesa se llenó de pájaros negros

y sabes que tienen prisa y tienen sed

y nadie quiere saber la verdad
y nadie quiere decir la verdad
dicen ven
dicen huye
dicen no vuelvas

y tú vuelves con las uñas sucias
a arañar aquellas paredes cubiertas de dibujos
que simulaban ser las ventanas de un tren en marcha

y no tengas dos velas encendidas
y no te dejes tocar
y no mientas

y cierras los ojos al recordar aquellos días
cuando la palabra pecado carcomía el verano
porque todo era pecado en sus bocas

y las aceras de la memoria se llenan
otra vez de cáscaras

ya no te acuerdas
cuando apagabas incendios diminutos
con los dedos sedados

cuando guardabas cerillas que ardieron
en pañuelos muy blancos

aplastabas hormigas
deformabas jerséis
detenías trenes

alguien dice
la verdad está en tu mano
y ahora está entre tus piernas
y esos pájaros negros con los ojos vendados
también entre tus piernas

buscando la verdad

no será el hielo ni la lava quien me detenga
no será este dolor quien me detenga

alguien dice
ya pasó todo
ven
huye

y tú vas
y tú vuelves

UNA VOZ, UN PROPÓSITO

NO me sirven las palabras
los homenajes
las salidas de emergencia

no da igual vivir o morir
hay que vivir si estás vivo

y correr si está lloviendo

VOLVER

EL viaje no fue un sueño ni fue fácil

los días lentos han vuelto
la sangre ha vuelto a correr despacio
la luz no entorpece el camino
mi cabeza es la cabeza de un pulpo
a la que un pescador novato dio la vuelta
después de golpearla sobre las rocas

el silencio vuelve a ser un pozo sin sed

VUELVE, NIEVE DE LA TELE, VUELVE A NEVAR PARA MÍ

TAL vez todo es mentira
este vaso en mi mano
este vino en mi boca
este fundido en negro
este dolor

y recuerdo cuando tu risa paraba el mundo
y todo parecía estar por hacer

Y DE REPENTE EMPIEZA A LLOVER

ESTA luz blanca
no parecía presagio de nada
no parecía presagio de lluvia
porque esto es el sur
y la luz blanca, cuando sucede
nunca trae nada

esta luz blanca
que me hace recoger la ropa tendida a toda prisa
porque no aprendo de la experiencia

el sol saldrá en cinco minutos
las hormigas volverán a su tarea en cinco minutos

y me pregunto
qué harán las hormigas mientras llueve
si se cruzan de brazos y hablan del tiempo
esperando a que escampe

esta luz blanca
que me desasosiega
y me hace pensar en ti
y en las hormigas

en ti, que decías olvídate de la ropa tendida
en ti, que hablabas con los charcos
en ti, que eras más que la lluvia los días de lluvia

y de repente comienza a llover
y pienso que llueve para nadie
y corro la cortina
y le doy la espalda
a esta lluvia que habríamos celebrado juntos
porque la ropa ya está a salvo, doblada sobre la mesa
y porque tú no estás

YO ERA INFATIGABLE

YO me dejaba caer una vez
todas las veces
sobre las púas de los cactus
sobre las bocas abiertas de los hipopótamos
sobre el azul de los glaciares

no existe el tiempo si no lo dividimos

aquellos veranos
aquel tedio
aquel futuro
que no éramos capaces de ver
aunque nos crecieran las uñas

también nos crecía el deseo de huir

[FRÍO POLAR]

ESTOY en un país muy frío y estoy solo

he venido a incendiar este lugar con mi antorcha
nadie me sigue
atrás quedan los perros
las noches de circo
las noches sin oxígeno
las persianas bajadas
el horizonte las grúas las antenas
el mar entre los edificios
atrás queda el mundo, vuestro mundo
cargado de ruido

ruido que también fue mío

ya solo calma
la calma que sigue al incendio
donde arden la mediocridad

los mediocres y sus miedos

los árboles están a salvo
me llevo su lentitud y su sombra

renuncié a la prisa
cicatricé la ira los días de lluvia
vacié mis pulmones de óxido
mis venas de vaselina
renuncié a la música de las esferas
a los cuerpos sólidos
a mover la tierra con o sin punto de apoyo

solo fuego
la levedad del fuego
ley de la levedad
ahí está todo, ahí estoy yo

estoy en un país muy frío
y veo brillar vuestros diminutos corazones
como diminutas iglesias
llenos de una fe que no comprendo
llenos de rabia llenos de deseos
diminutos deseos
que entorpecen el camino
que empobrecen la vida

vida que también fue mía

la levedad de la vida
abandonando un corazón muy cansado
corazón de autómata
corazón que también amó
porque amé con cada víscera
con cada hueco de mi cuerpo
otros huecos de otros cuerpos

fui hueco de árbol
para vuestras palabras
piedras sólidas vuestras huecas palabras

en mí todo está a salvo

vuestras palabras, aproximaciones
pobres y humanas aproximaciones

sabedlo
he hurgado
hay que seguir hurgando
y el frío no puede detenerme

que nada te detenga
que nada os detenga
si tenéis una antorcha en la mano

Colección Marginales

310 Una rama verde
Eloy Sánchez Rosillo

311 Tiempo sin claves
Ida Vitale

312 Donde muere la muerte
Francisco Brines

313 Los daños
Lorenzo Oliván

314 Los planetas fantasma
Rosa Berbel

315 Soñar con bicicletas
Ángeles Mora

316 Un año y tres meses
Luis García Montero

317 Al borde
José Corredor-Matheos